RISIKO LIEBE ?!

(Gefühltes schwarz auf weiß)

AF272463

RISIKO LIEBE ?!

(Gefühltes schwarz auf weiß)

Texte

von

Berit Geissler

Bibliografische Information der Deutschen Bibliothek:
Die Deutsche Bibliothek verzeichnet diese Publikation in der
Deutschen Nationalbibliografie; detaillierte Daten sind im Internet
über
<http://dnb.ddb.de> abrufbar.

© 2005 Berit Geissler
Herstellung und Verlag: Books on Demand GmbH, Norderstedt
ISBN 3-8334-3457-0

Inhalt

Berührung

Ich streichelte zögerlich deinen Arm.

Du schautest mich an.
Wortlos.
Regungslos.

Mit deinem Blick berührtest du mich.
Tief im Herzen.

Schattenseiten

Als ich versuchte,
deine Grenzen zu erkennen,
vergaß ich meine dabei.

Verzaubert von deiner schönen
Fassade und dem Glanz deiner strahlenden
Augen, erblasste mein Schein in deinem Licht.

Und als ich mich in der Sonne betrachtete,
warfst du einen viel zu großen Schatten.

Ein Schatten, der mir meine Grenzen bewusst
machte.

Sag´mal

Dein JA hätte meine Welt durcheinander gebracht.

Dein NEIN hätte meine Welt klarer gemacht.

Dein VIELLEICHT hätte meine Welt retten können.

Dein Schweigen hat sie zerstört.

Macht der Gewohnheit

Macht nichts, spricht die Gewohnheit.
Gewöhn´dich an die Leere, sagt die Macht.
Lieblose Liebe kann zur Gewohnheit werden, meint dein
Unterbewusstsein.
Auch Schmerz kann Veränderungen herbeiführen, sagt
der Verstand.
Veränderungen brauchen Mut, ermahnt die Angst.
Nur Ehrlichkeit führt zum Ziel, weiß dein Gewissen.
Klarheit brauchst du, beklagt die Seele.
Liebe ist es, schreit das Herz.

Und wenn du Glück hast, machst du die gleichen Fehler
erneut.
Immer wieder.
Weiß die Erfahrung.
So ist das mit der Liebe.
Und mit der Macht.
Und der Gewohnheit.

Schlechte Alternative

Prickelnde Luft.
Blicke, die stechen.

Berührungen, die schmerzen.
Schreie, die stumm bleiben.

Regen, der fällt,
literweise Tränen.
Schrift auf Papier,
anstatt Hände auf Haut.

Augen, die umarmen.
Begegnungen, die unsichtbar sind.

Tief in mir-
weit weg von Dir.

Beängstigend diese Nähe.

Frau Macht (macht) Man(n)

Ich bastle mir einen Mann.
Ich benötige eine Schere und viel weiches Papier.

Zwei Schnitte für den Kopf.
Viel Mund.
Große Augen.
Einen leeren Raum, für die von mir geformte
intellektuelle
Masse.

Einen großen Körper.
Breites Kreuz mit kräftigen Armen.
Zum Festhalten.
Zum Trage(n)taschen.
Eine begnadete Hüfte mit Energie.
Starke Beine,
große Füße, die mir lange ausdauernd folgend laufen.

An den Zehen Fäden.
An den Armen Fäden.
Über dem Kopf ein hölzernes Kreuz,
welches die Fäden hält.

Musik im Hintergrund.
Eine Leiter, die ich besteigen kann.
Das Kreuz mit den Fäden in der Hand.
Die andere Hand hält sich den Bauch.
Vor lachen, – über die Hand, die die Fäden tanzen lässt.

Kompromisse

Lieber eine zeitlang mit
Schwierigkeiten kämpfen,
als ein Leben lang mit einer
Lüge zu leben.

Reiselust

Mit fünf Jahren begann ich Klavier zu spielen.
Mit sieben Jahren betrieb ich Leistungssport.
Mit acht Jahren malte ich.
Mit vierzehn Jahren habe ich alles abgebrochen.

Ich habe mir noch viel vorgenommen im Leben.

Im Moment bin ich auf Reisen.
Eine lange, weite, große Reise.
Eine Reise ins Innere.
Mich am Ziel zu finden.

Mein Gepäck ist voll;
Wegnahrung für einen langen Zeitraum.
Noch bin ich am Anfang des Weges.
Ich hoffe, dass ich viele Abenteuer erlebe und
mich immer wieder selber überrasche.

Jeden Tag neu!

Ein Freund

Ich rufe dich an.
Du bist gestresst.
Du sagst, du bist müde.
Zwischendurch höre ich dich gähnen.
Du klingst geschäftlich.

Wir legen auf.
Ich bin müde.

Ich hoffe, dass ich deinen nächsten Anruf nicht
verschlafe.

Manchmal möchte ich.......

... im Winter in der heißen Sonne liegen,
... auf einer großen Bühne stehen,
... die Welt um mich vergessen,
... frei sein wie ein Vogel,
... unvoreingenommen und unbeschwert sein wie ein
Kind,
... Menschen heilen,
... Menschen helfen,
... einfach viele Leben, um noch mehr davon zu leben....

Du

Meine Liebe wollte ich dir geben.
Meinen Alltag wollte ich mit dir teilen.
Ein Kornfeld hätte ich zum Blühen gebracht,
nur für dich.

Im Herbstregen hätte ich die Sonne für dich scheinen
lassen.
Hände voller Schmetterlinge,
nur für dich.

Schön sein, wie eine Blume,
farbenfroh,
duftend und frisch.
So wollte ich aussehen,
nur für dich.

Aber wie stehe ich da?
Ich bin traurig.
Meine Blütenblätter geknickt und die Farben verblasst.

Du schaust mich an und ich weiß,
dass es dir gefällt, mich so zu sehen.

TABU

Hilflos, schutzlos begebe ich mich in deine Hände.
Verlasse das sichere Territorium meiner Selbstkontrolle
und
lehne mich beängstigt zurück.

Zerschlage mit unseren Blicken die geistigen Mauern und
falle hinein in das „AUS" und entscheide
mich für das „TABU".

Setze alles auf eine Karte, mir bewusst,
dass nur du die Spielregeln beherrschst und
deine Trümpfe aus meinen Gedanken zauberst.

Angebot

V   - ielleicht
E   - motionen
R   - eden
S   - tatement
U   - ebermut
C   - harme
H   - offnung
U   - nglaublich
N   - aehe
G   - emeinsam

ODER

V   - ersagen
E   - ntscheidung
R   - evidieren
S   - cham
U   - ngewissheit
C   - haos
H   - indernisse
U   - nentschlossen
N   - icht
G   - emeinsam

Verwirrte Richtungen

Als wir einst unsere Heimat verließen,
galten wir dort als Vaterlandsverräter.

Nun, da wir die Wahl haben, zu unseren Wurzeln
zurückzukehren,
gelten die einstigen Vaterlandsverräter als zu westlich.

Bleiben wir da, wo wir sind,
bleiben wir ein Leben lang zu östlich.

Was erwartet uns dann erst im Süden?
Welche Chance bietet uns der Norden?

Nur zufällig?!

Das wir uns begegneten, war nicht zufällig,
nur die Situation war absurd.

Das wir uns mochten, war nicht zufällig,
nur die Umstände waren unangemessen.

Das wir uns wortlos verstanden, war nicht zufällig,
nur das Ambiente war dafür nicht geschaffen.

Das wir uns all das nie offen gesagt haben,
daran war zufällig das „NUR" schuld.

Für Lucie

Sie schaut aus dem Fenster
an diesem grauen Oktobertag.
Es ist kalt und es regnet.
Bei ihr ist es warm und wohlig-
trotzdem friert sie.

Sie sieht die Rosen vor sich auf dem Tisch.
Blumen geben ihr Kraft-
trotzdem fühlt sie sich matt.

Sie denkt an alte Zeiten, an die vielen Dinge,
die sie aufbauten und an Dinge, die sie
erschütterten.

Sie fühlt keine Erlösung.

Sie hört ihre Kinder lachen und erzählen.
Oft lacht sie mit, vieles erheitert sie und
lässt sie aufblühen.
Wie die Rosen vor ihr auf dem Tisch.

Heute ist ihre Seele, wie der graue, verregnete
Oktobertag.

Im Radio hört sie den Wetterbericht.
Morgen soll die Sonne scheinen.
Auch für sie.

Verständlich

Du raubst mir den Verstand,
machst mich atemlos.

Du küsst mich um den Verstand,
machst mich sprachlos.

Du liebst mich um den Verstand,
machst mich willenlos.

Du streichelst mich um meine schönsten
Befürchtungen.

Du hast den Verstand schon lange verloren,
denn meine Liebe kostet dich Kopf und Kragen.

Selbst wenn....

Selbst wenn deine Augen noch so erwartungsvoll
strahlen,
selbst wenn dein Geruch noch so betörend ist,
selbst wenn deine Stimme noch so verheißungsvoll
klingt,
selbst wenn dein Versprechen noch so viel garantiert,
selbst wenn deine Hände noch so süchtig machen,
selbst wenn deine Hüften noch so anziehend sind,
selbst wenn dein Mund noch so abhängig macht,
selbst wenn der Ausblick auf eine gemeinsame Zukunft
noch so
viel versprechend scheint…

Selbst wenn du jetzt gehst und mir nicht glaubst was ich
sage,
werde ich mich umdrehen, mir bewusst, dass dies meine
Chance gewesen wäre, ein vollkommen erfülltes Leben
zu leben.

Selbst wenn ich das hätte haben können,
ist es mit diesem Fall nicht genug.

Das Schweigen der Männer (I)

Sie saßen stundenlang und redeten.
Sie redete.

Über Hoffnungen, Träume und Emotionen.
Er nickte und schwieg.

Sie dachte, dass es wunderbar ist, dass sie sich wortlos,
durch standhaltenden Blickkontakt, verstehen.

Nur selten offenbarte er sein Innerstes.
Dankbar über diesen vagen Vertrauensbeweis redeten sie
darüber.
Sie redete.

Er hörte aufmerksam zu, verschlang ihre Worte und
schwieg.

Heute glaubt sie zu wissen, dass sein Schweigen nicht
bedeutete,
dass er sie verstand.
Er schwieg, weil er *nicht* verstand.

Und verschwand.
Einfach so.
Ohne auch nur ein Wort
darüber zu verlieren.

Ein Vater

Nach dem Klingeln öffnetest du mir erstmals die Tür.

Wir schauten uns an.
Du reichtest mir erstmals deine Hand.

Ich musste lächeln.
Du siehst aus wie ich-,
und ich sehe aus wie du.

Du gefällst mir.
Du bist ein Mann-
ich könnte dich lieben.

Etwas verlegen schüttelten wir die Hände.
Viel zu lange.

Du sagtest immer noch Hände schüttelnd:
„Tja, guten Tag, ich bin dein Vater."

Ich sagte immer noch lächelnd:
„Ich weiß, entschuldige bitte. Ich habe mich 35 Jahre
verspätet."

Äfflein

Du liegst neben mir in meinem Bett.
Zart berührt mich dein Atem.
Wohlige Seufzer dringen aus deinem süßen Mund.

Ich streichle deine zarten Hände.
Du lächelst ein wenig im Schlaf.

Ich drücke dich ganz fest an mich.
Ich drücke dich immer fester, hoffend,
dass du diese grenzenlose Liebe und Zärtlichkeit spürst.

Plötzlich blinzelst du, schaust mich aus deinen
verschlafenen Augen an und sagst:

„Mama, was hast du?
Lass mich schlafen!
Ich bin so müde."

(Ohn)Machtspiel

Die vielen Jahre, sie geben mir Recht,
die Gefühle waren authentisch, sie waren echt.
Hab mich geopfert, in ihnen gewogen,
letztlich für Dich doch nur verbogen.

Gesonnt, selbst in Deinem Schatten,
gequält mich in meiner Sucht,
wollte ich gehen, laufen, schreien,
gescheitert ist sie, die Flucht.

Der Schein Deiner Augen, er hat mich geblendet,
so, wie selten Strahlen sind,
habe es zugelassen, stand neben Dir,
völlig machtlos, völlig blind.

Habe mich nicht nur nach Deiner Stimme verzehrt,
auch alles andere habe ich begehrt.
Ekstatische Körper mit heißen Händen,
diese Vorstellung sollte beim ersten Sonnenstrahl enden.

Du hast sie gelegt, die 1000 kleinen Feuer,
doch reichte es nicht mal für ein Abenteuer.
Bist gemeinsam mit mir verbrannt,
wurde es zu heiß, bist Du feige davon gerannt.

Keine Entscheidung, keine Tendenzen,
zeigtest Du uns beiden nicht Deine Grenzen.
Mein Hofieren ist der Sommer für Deine Seele,
dieser Balsam hat Dich verdorben,
ich bin schon tausende Tode deshalb gestorben.

Halte mich nicht für kleinlich,
ich glaube, so langsam wird es peinlich.
Du nimmst und saugst mich aus,
bist Du gesättigt, fährst Du satt nach Haus.

Lässt mich stehen, einfach so, wie es ist,
ich fürchte fast, Du bist ein Sadist.
Uneigennützig hab´ ich gegeben,
Dein Schweigen kostete mich beinah mein Leben.

Dein schönes Lächeln hat mich einst ergriffen,
heute ahne ich fast, Du hast nichts begriffen..
Du nährst Deinen Boden mit Deiner Koketterie,
nun glaube ich traurig, mehr war da nie.

Ich habe gelacht, geflüstert, gehaucht
und fast weinend gebettelt,
Du hast Dich genauso wie ich mich verzettelt.
Kann man so viele Chancen verpassen,
auf leuchtende Blicke kann ich mich leider nicht
verlassen.

Ein einziges Zeichen- ein Wort- es hätte genügt,
auch mit Deinem „NEIN" hätte ich mich begnügt.

Diese klare Aussage von Dir,
ich habe gewartet und zwar geduldig,
habe darauf gehofft und gebetet, fast huldig.

Mein Urteil ist gefällt: Auch Du bist schuldig!

Und so rette ich mich nun und bin dazu bereit,
hab´ Dich unendlich geliebt und vertraue nun
auf mich und die Zeit.

Heute Nacht

Deine rauen Lippen,
die mich süchtig verzehren.

Deine Hände, die
unruhig auf mich warten.

Dein Atem, den ich bestimme.

Deine Worte, die ich dich sprechen lasse.

Deine Hüften, die mit meinen kokettieren.

Deine Gedanken, die um mich kreisen.

Deine Erinnerungen an mich, werden
dich nicht zur Ruhe kommen lassen.

Nie mehr.
Nie wieder.

Und ich hatte eine Vorstellung davon.

Abschied

Als ich dir sagte,
dass wir uns vielleicht so schnell
nicht wieder sehen werden, lächeltest du
und sagtest:

„Um dich zu sehen, brauche ich keine Augen."

Da wusste ich, dass nichts
verloren ist und sah mich durch dich.

Vielleicht zum ersten Mal.

Trügerisches

Geh´!
Kümmere dich um deine Saat.

Überfüttere sie, mit übertränkter Nahrung.
Lass´ dich täuschen,
von den satten Knollen.

Bring sie heim, deine künstliche und überdüngte Ernte.

Und schere dich nicht
um meine entwurzelten
Äste.

Komische Welt?!

Vielleicht
ist
der Schmerz
die
einzige Möglichkeit,
Veränderungen
herbei
zu führen.

Wahrnehmungen

Geblendet von deiner Schönheit.
Getragen von deinem Lächeln.
Eingetaucht in deine Augen.
Geatmet aus deinen Händen.
Gezittert bei deinen Berührungen.
Erfroren in deiner Nähe.
Erschrocken über deine Härte.
Verstummt durch dein Schweigen.

Gedächtnisverlust

Alles habe er dir genommen.
Deine Freiheit.
Deinen Stolz.
Deine Selbstachtung.
Deine Würde.
Deine Liebe.
Sogar mich.

Gedemütigt bist du nun.
Hilflos.
Am Boden.
Verzweifelt.
Und allein.

Nie wieder willst du vertrauen.
Keinem.

Tränen hast du keine mehr.
Auch keine Freunde.
„Oder doch?"
fragst du mich zögernd.

Als ich dich in die Arme nahm,
wusstest du wieder um unsere
Freundschaft.

Und dein Vertrauen.
Und deine Hoffnung.
Und um meine Beständigkeit.

Viele Momente hat es gedauert,
unser WIR
neu zu leben.

Irgendwann stand er
vor deiner Tür.
Plötzlich hattest
du UNS
(wieder)
vergessen.
Einfach so.

Beziehungsschach

Wenn ich dich weniger liebe,
näherst du dich mir.

Wenn ich dich mehr liebe,
entfernst du dich von mir.

Wenn ich Andere mehr beachte,
fühlst du dich vernachlässigt.

Wenn ich nur dich beachte,
fühlst du dich eingeengt.

Wenn ich mit dir reden möchte,
bin ich dir zu kompliziert.

Wenn ich dir mit Leichtigkeit begegne,
erscheine ich dir zu oberflächlich.

Wenn ich nicht genug von dir bekommen kann,
bin ich dir zu empathisch.

Wenn ich deine Leidenschaft nicht teile,
bin ich in deinen Augen gefühlskalt.

Wenn ich glücklich bin,
bist du traurig.

Wenn ich lache,
schaust du mich fragend an.

Wenn WIR…
…..gibt es nämlich nicht mehr.
Nie mehr.
Übrigens.
Falls du das auch wieder anders siehst.

Glückssträhne

So viele Chancen.
So viel Erreichtes.
So viel Liebe.

So viel Neubeginn.
So viele Möglichkeiten.
So viel Liebe.

So viel Leben.
So viele Begegnungen.
So viel Liebe.

So viel Erlebtes.
So viel Überwundenes.
So viel Liebe.

So viel Trauer.
So viele Tränen.
So viel Liebe.

So viel Hoffnung.
So viele Ziele.
So viel Liebe.

Glückskind.
Ich.
Du.

Wir.

Liebe?
Immer wieder gern…..